Bologna 06 OTTOBRE 2021

edito Una vita di stelle library

Group A.V. ITALIA S.R.L.

ELENA GAMBERINI

unavitadistelle@gmail.com

www.unavitadistelle.com

Bologna

Questo romanzo è un'opera di fantasia. Nomi, personaggi, luoghi e avvenimenti sono frutto dell'immaginazione dell'autore o usati in modo fittizio. Ogni somiglianza a luoghi o eventi reali o a persone realmente esistenti o esistite è non voluta e puramente casuale.

SAVING MY LOVE

ELENA GAMBERINI

Mantieni l'intelletto colmo di curiosità

e il cuore di tolleranza

(Frase del '700)

Prefazione

Saving my love è un romanzo di cuore, di speranza, di coraggio. Di quelli che leggono le persone universalmente e indiscutibilmente buone, per cui il confine bene, male è netto e deciso, incontrovertibile. Per i lettori che amano un'unica lettura dei sentimenti, senza interpretazione e compromessi, forse cultura dei giovani, freschi di passione e sogni, forse dei sognatori, per cui il desiderio può e deve avverarsi se espresso con tenacia e consistente convinzione. Forse le vicissitudini, corollario di animi inquieti e coacervo imprescindibile dell'età matura, creano ambigue realtà in cui l'etica e il sogno della bellezza pulita e del sentimento genuino, si macchiano. La barbarie del compromesso accettato diventa blasone della sopravvivenza quotidiana e l'uomo va avanti... Macchiati e disillusi, i sentimenti, l'amore, perdono il loro volto e si tingono di scuro. Quando ciò non accade, forse per pedissequa speranza nell'avvenire e coraggio sconfinato nelle azioni e nel pensiero delle azioni, ecco che viene creato il romanzo pastello, buono, sincero, volutamente semplice, volutamente leggero a riprova forse, che essere buoni, è, al dunque, un'arte semplice e di semplice interpretazione.

La scrittrice alla sua prima opera, si formerà certamente in altri scritti di genere analogo, seppur vagamente intimista, siamo certi che saprà spogliarsi dell'autobiografismo per accogliere meglio realtà controverse parallele alla sua del buon pensiero.

L'Editore

IL RICAVATO DERIVATO DALLA VENDITA DEL ROMANZO SARA' INTERAMENTE DEDICATO AD AGEOP RICERCA ASSOCIAZIONE GENITORI EMATOLOGIA ONCOLOGIA PEDIATRICA VIA GIUSEPPE MASSARENTI, 11 40138 BOLOGNA POLICLINICO SANT'ORSOLA MALPIGHI PADIGLIONE 13, PEDIATRIA CHE DA ANNI LOTTA INSIEME ALLE FAMIGLIE COLPITE DAL CANCRO

1.
Basta piangere!

«Dai Eva, dovevi aspettartelo, te l'ho sempre detto. Queste persone vengono qui, cercano il pollo da spennare ma non hanno nessuna intenzione di legarsi, perché prima o poi vogliono tornare a casa» sta dicendole Carlo mentre Eva sta preparando il caffè, gli occhi cerchiati da profonde occhiaie, segno evidente dell'ennesima notte insonne. Sbuffa, stanca e scoraggiata, ravviandosi i capelli che sfuggono a uno chignon raccolto alla svelta sulla testa.

«Sempre *tranchant* tu eh?! Te l'ho detto, non è stato facile all'inizio poi… l'ho sentito che mi voleva bene e poi sai… c'è anche quella cosa…» si interrompe imbarazzata perché la "cosa" è un segreto che solo Carlo conosce ma non è esattamente il tipico estimatore dell'irrazionale.

«Ah sì, parli del *dono*. Ma queste cose non sono scientifiche. Ci si può sbagliare, magari eri suggestionata… sempre che quel qualcosa esista» sussurra lui infine, alzando gli occhi al cielo.

Eva ha scoperto di avere qualcosa di particolare una decina d'anni fa, quando ha aperto il suo negozietto di fiori. Mentre serviva un cliente, lo ascoltava e guardava gesticolare ha avuto come una visione, una figura astratta e colorata, che poi aveva tradotto in un disegno. Da allora le era successo molte altre volte e ora ha un album di "disegni dell'anima", così l'ha ribattezzato, perché da ogni disegno riceve sensazioni precise sulla natura dell'anima di quella persona e quindi trae informazioni su come rapportarsi con lei o lui.

E con Hatou, il ragazzo senegalese conosciuto per caso e poi diventato il suo compagno e ora *desaparecido*, aveva avuto una sensazione netta di potersi fidare. Di aver incontrato una persona rara. Circa un mese fa è partito quasi senza avvertire. Cioè le aveva accennato qualcosa e l'aveva chiamata il giorno dopo ma la telefonata era stata breve e interrotta da continue

interferenze. Insomma Eva non aveva capito nulla e quindi, oltre che turbata e triste è anche molto preoccupata. Era seguita una seconda telefonata in cui di nuovo la linea era molto disturbata e lei aveva capito solo tre parole: "rivoluzione", "non so" e "torno". E non aveva saputo ricollegarle. Lui le parlava sempre di un nuovo leader politico senegalese, giovane, molto carismatico, che stava soprattutto cercando di coinvolgere i giovani e che a volte nascevano vere e proprie manifestazioni che, lui diceva, avrebbero potuto cambiare le cose davvero, in meglio, nel suo Paese. Ma quel "non so"? Poteva voler dire "non so come andrà a finire" o "torno ma non so quando" e naturalmente quest'ultima ipotesi la sconforta, anche se le sembra poco probabile. Quindi per capire e darsi ragione di un comportamento non da lui, cerca qualsiasi possibile appiglio.
Sul "dono" insiste: «Insomma, è stato una conferma al mio istinto: il disegno parlava di un cuore forte, coraggioso e buono!» Dice spazientita, pur sapendo di

non poter certo dare colpe all'amico. Quella non era roba per tutti.

«All'inizio Hatou… il mio piccolo Pap… mi ha detto: "Da noi si dice: sai come si mangia un elefante? A piccoli bocconi". Volendo dire che passo passo le cose nascono e crescono ma serve pazienza. Non sai quante volte gli ho rinfacciato che boccon boccone l'elefante ormai era quasi finito e non mi sembrava di vedere in lui un sentimento vero. Poi ho capito che anche io stavo frenando parecchio. E che se non mi lasciavo conoscere non si sarebbe mai fidato». Conclude la frase con malinconia, ripensando a quell'uomo tranquillo, con le spalle forti e un sogno immenso che da sempre è il suo primo pensiero la mattina e l'ultimo la sera. Il sogno di costruire un ampio borgo di case per le persone più bisognose della sua comunità. Nel tempo le aveva raccontato quanta fatica aveva fatto per risparmiare, quante volte aveva fallito e quante si era rialzato. Ripensa alle serate trascorse a chiacchierare, darsi consigli, aiutarsi a vicenda e naturalmente a fare l'amore in modo dolce e passionale allo stesso tempo. E le viene da piangere.

«No! Piangere è proprio la cosa più inutile da fare. A parte che mi chiedo come fai ad avere ancora lacrime… sono settimane che piangi. E poi ho letto da qualche parte che piangere troppo fa diventare neri gli occhi azzurri e pure i capelli. Insomma, prima o poi ti trasformi in Morticia Addams e non mi sembra proprio il caso». Il sorriso beffardo di Carlo ha sempre il potere di contagiarla e si ritrova a sorridere anche lei.

«Ecco, così va molto meglio. E poi, a mio modo di vedere, hai due possibilità: continuare a piangerti addosso e non dormire o fare qualcosa, reagire. Insomma, se vuoi fare la vittima non cambia nulla, lo sai fare benissimo, soprattutto dopo Matteo. Che poi non so come hai fatto a resistere con lui dieci anni…DIECI… Oppure escogita un piano. Ecco, magari aspetta che si rifaccia sentire prima di andare in tv dalla Sciarelli, che è una persona seria. Comunque se vuoi ti aiuto» conclude Carlo con una strizzata

d'occhio che, insieme a quel sorriso storto e a quei capelli biondi arruffati, sulla figura alta e dinoccolata le avevano sempre fatto pensare ad Arsenio Lupin.
Carlo è misogino, razzista, omofobo, tutto il contrario di Eva ma ha quel potere di essere leggero e scanzonato che l'ha sempre aiutata a riflettere su come cambiare prospettiva sulle cose. Anche sul suo ex non si sbaglia: un ragazzo perennemente depresso che le aveva drenato via tutte le energie. Nel tentativo di renderlo felice. C'erano voluti mesi per riprendere con coraggio in mano la sua vita, dopo averlo lasciato. Per capire di non essere onnipotente, di non essere responsabile di tutte le gioie e i dolori del mondo e per aprire finalmente il suo negozio.
«Sai che ti dico, hai ragione! Devo reagire… coi miei tempi… ma devo fare qualcosa. Ma cosa? Se non mi vuole più non mi scomodo nemmeno. Aspetto che richiami e lo mando a quel paese al telefono. Se però è in pericolo? La polizia… sì ma ti pare che si mettano a indagare su una cosa così?! Mah…L'unica persona che

potrebbe aiutarmi è…» Si ferma perché sente di nuovo le lacrime salire, ma le ricaccia. Carlo le viene in soccorso: «tua nonna… se non avessi quello stupido sospeso… E te lo dice un uomo. Si sa che noi tendiamo a essere più orgogliosi di voi femmine. Ma come sempre c'è l'eccezione alla regola. Tu».

«Se non si fosse risposata neanche un mese dopo la morte del nonno, non tenendo minimamente in considerazione i nostri sentimenti, magari adesso le preparerei un bel bouquet di peonie, il fiore della vergogna che provo, e lei magari mi offrirebbe un bel pezzo di torta mele e cannella e pace fatta».

«Ok, ok, non aggiungere altra carne al fuoco perché la mia autonomia all'ascolto di sfighe è limitata. Va beh, io devo andare, sono atteso da una stangona da paura. Non chiedermi il nome perché non me lo ricordo ma meglio, rischierei di confondermi col bocconcino che ho in serbo per domani. E, per come si sta, consiglio anche a te il "chiodo scaccia chiodo". Baby, ha sempre funzionato. Rifletticí!» E alzandosi dallo sgabello girevole del piano colazione con una giravolta e un inchino, saluta e se ne va.

2.
Piacevoli incontri

Dopo essersi vestita decentemente, che per lei è indossare un paio di pantaloni variopinti di kurta pijama, una maglia con il logo, ideato da lei, del negozio (un cerchio di fiori disegnati dal suo nipotino a racchiudere la scritta "I fiori parlanti di Eva") e un paio a caso di sandali, i capelli raccolti – prima o poi, pensa, troverà la voglia di andare da un parrucchiere invece di tagliarsi ciocche qua e là per rimuovere i cattivi pensieri – e niente fronzoli. L'orologio è sparito da un pezzo, bracciali e orecchini pure. Sa di esagerare nel non far risaltare troppo la sua femminilità ma è proprio più forte di lei. Meno male che altezza mezza bellezza: nessuno nota gli orpelli su un metro e ottanta. O forse sì ma adesso c'è un cliente. Dai che se ingrana forse non pensa.

«Salve, ha bisogno di aiuto?» Chiede al ragazzo sorridente, con fisico sportivo, barba incolta e aria trasandata che si sta avvicinando a lei a passi lenti.
«Sì. In effetti cercavo qualcosa per una persona speciale. Praticamente perfetta!» Le risponde lui con un sorriso a trentadue denti. «Mi hanno detto che qui i fiori parlano allora mi aspetto che tu mi sorprenda».
Spavaldo il ragazzo: «Ti stupirò, ormai mi hai sfidato». E comincia a preparare un bel bouquet con al centro un fiore d'ananas.
«Ecco: con l'ananas dici esattamente "sei perfetta". Vedrai, cadrà ai tuoi piedi».
«E questa foglia di basilico?»
«Sì...ehm... è un po' il mio ...diciamo... marchio di fabbrica. Mi piace il colore, il profumo e così rendo unici i miei lavori. Ma se non ti piace...»
«In realtà deve piacere alla destinataria. A te piace, quindi siamo a posto».
«Come? Scusami non ho capito».

«Sì. In effetti sono per te. Sono mesi che ti osservo, anche se a dire il vero preferivo quando ridevi. Ultimamente sembri triste ma siccome non c'è niente di male ad essere tristi, sono qui per offrirti compagnia. Anzi scusa, manca il biglietto» e afferra un bigliettino con un piccolo girasole disegnato in un angolo e scrive qualcosa: "Vuoi uscire con me?" e poi 3 quadratini: "sì", "no", "forse" e un numero di telefono.
Eva sorride e si accorge che quel giorno è già la seconda volta che i muscoli della faccia tirano su e non giù gli angoli della bocca.
«Piacere, Lorenzo. Tu invece sei Eva. Lo so. Allora?»
L'ha presa alla sprovvista. Dopo settimane di reclusione e apatia, per la prima volta – sarà il discorso mattutino con Carlo – sente voglia di mondo, di non pensare anche solo per una serata. E poi che c'è di male. Il pensiero di Pap sarebbe rimandato solo di un paio d'ore. Stupido senso di colpa, stupido vittimismo.
«Sai che ti dico… che anche se potrei non essere di compagnia esilarante, accetto. Però stasera, subito. Il

famoso “domani è un altro giorno” per me ultimamente vuol dire “adesso sono vitale ma sicuramente domattina cambio idea”».

«Allora perfetto! Se non ti dispiace ci vediamo alle otto direttamente al bar in piazzetta. Ti passerei a prendere aprendoti la portiera ma mi muovo in bici o coi mezzi, quindi…»

«Nessun problema. Direi che questo anzi è un punto a tuo favore! Anche io tifo per l’ambiente e amo la semplicità. Qui poi non è mai facile trovare parcheggio. Anche se Firenze non è esattamente Tokio». Lui le dà il cinque, le fa l’occhiolino e con quel sorriso, che non è mai sparito durante tutta la conversazione, se ne va. Eva lo segue per un po’ con lo sguardo ma sta arrivando Luca, il cliente quotidiano delle sei rose bianche, “amicizia per sempre”. Eva non ha mai avuto l’audacia di chiedergli chi sono, ma dal disegno le è apparso chiaro che sono per un ragazzo e che quell’amicizia è un raro caso di eccezione alla mortificante e fuorviante, secondo lei, regola del “tutto finisce”.

3.
E adesso?

La serata trascorre in modo molto piacevole: Lorenzo è un biologo marino specializzato in coralli. Molto appassionato del suo lavoro e sempre in viaggio ma con tanta voglia, alla soglia dei quaranta, di mettere radici, avere un luogo e delle persone dove e a cui tornare. Eva si è a sua volta raccontata: il suo amore per i fiori e le piante in generale, il rapporto tenero con il padre Bruno e molto conflittuale invece con la sorella maggiore Lucia. Ma ha taciuto del "dono" e di quello che la tormenta. Le sembra presto e comunque ingiusto infliggere a un semi-sconosciuto le sue pene di cuore e le sue insicurezze. A un primo appuntamento quello, giustamente, scappa e non le va proprio di rivivere, anche se per soli due secondi, quel senso di rifiuto e inadeguatezza che ormai l'accompagnano da tanto, probabilmente troppo, tempo. È Lorenzo però a tentare di indagare: «Quindi, con tutta questa *bellezza* che ti circonda, cosa o chi è che ti rende triste? Non credere, gli occhi parlano e mi stanno dicendo molto di più di quello che hai voluto raccontarmi». Eva arrossisce per l'implicito complimento sul suo aspetto ma si schernisce subito minimizzando e soprattutto tergiversando: «Ehm...sì. Qualcosa c'è ma preferirei non parlarne, se non ti dispiace, altrimenti vedresti sgorgare molta più acqua dai miei occhi che da quella fontanella lì» e abbozza un sorriso a occhi bassi, quasi vergognandosi della sua debolezza ma non vuole assolutamente rovinare la serata e tantomeno rovinarla a qualcun altro.

«Primo, come già detto, non c'è niente di male a essere tristi; secondo poi hai tutto il diritto a tenerti i tuoi... diciamo...segreti. Se no che pepe ci sarebbe» e ride di gusto, trascinando anche Eva in quella spensieratezza che le sembra un balsamo magico.

La serata si è conclusa in modo del tutto prevedibile: sono finiti a casa di lei a bersi una tisana e, bacio dopo bacio, a fare l'amore. Il giorno dopo lui deve partire per Madrid.

E così la storia sarebbe continuata per le successive due settimane, tra incontri allegri, coccole, passatempi semplici e partenze improvvise. A Eva non dispiacciono questi distacchi, anzi, le lasciano quel giusto spazio-tempo di distanza e solitudine di cui ha sempre avuto bisogno. In più si è accorta che anche in compagnia di Lorenzo non molla mai il telefono. In attesa di notizie. Qualche giorno prima era arrivata un'altra telefonata. Muta, si sentiva solo un fastidioso fruscio e questa volta aveva captato solo lettere, neanche parole. Il sonno poi è ancora disturbato.

Una mattina si sveglia con un pensiero fisso: non ha controllato sul calendario, che tiene rigorosamente aggiornato, quando avrebbe dovuto arrivarle il ciclo. Oh porca puzzola! Una settimana fa…doveva arrivare una settimana fa! Sa che è presto per fare un test, un ritardo sotto stress può capitare ma a qualcuno deve dirlo e chiama subito a raccolta il suo "Cappellaio Matto" di fiducia.

In cinque minuti Carlo arriva, sempre desideroso di avventure avvincenti. Non sa cosa aspettarsi, Eva è stata vaga ma la *saga* "la misteriosa scomparsa di Pap" lo sta appassionando, se non altro perché coinvolge la sua migliore amica.

«Ehi baby, allora... quali news. Mi vanno bene anche le *fake*, basta che se ne parli!» Dice entrando con la sua solita voce squillante, un timbro che usa sempre, anche se deve fare delle condoglianze «però prima ce l'avresti un'acqua tonica?»

«Ma come, niente birra?» Replica Eva stupita. L'amico non rinuncia mai a scroccare un aperitivo, ovviamente alcolico, quando può.

«No... Loredana, la donna-venerdì, è astemia. Ma tanto Ivanka, la bomba-sabato va via di vodka, quindi questa svolta salutista dura questo pomeriggio e basta». Eva non riesce proprio a trattenere una fragorosa risata. Carlo... non cambierà mai. Per fortuna, pensa.

Ok, prima la notizia facile: «la storia con Lorenzo va avanti ma chiaramente mi sento in co».

«...lpa. Certo, se no mi sarei preoccupato. Tu sei capace di prenderti un calcio nel sedere e sentire pietà per il calciatore... ma va bene, lo so, lo accetto... oooom...» Conclude Carlo, chiudendo gli occhi e unendo indice e pollice di entrambe le mani modello zen. Altro sorriso di Eva. «Però c'è dell'altro... forse, bhe insomma... forse... *sono incinta*!» Spara Eva, tutto d'un fiato e subito chiudendo gli occhi e distorcendo la bocca.

«Oh my God!!! Mi serve un sorso di acqua tonica subito» dice Carlo ingollandosi tutta la bottiglietta. «Ma...scusa. Facendo due conti: tu vedi Lorenzo da pochissimo, avete fatto bum bum ma...»

«Sì certo non è suo» lo dice piano perché prevede già la reazione dell'amico.

«Doppio oh-my-god!» Poi silenzio. Eva poteva sentire gli ingranaggi di quella testa matta ruotare vorticosamente.

«Beh, direi che non hai più l'opzione "aspetto-gli-eventi-e-intanto-mi-commisero". Devi trovare il modo di dirglielo. So già che ti rispedirà al mittente ma non puoi più rigirarti i pollici. Devi fare qualcosa».

«Ma cosa?? Non riesco a contattarlo al telefono. Quando mi chiama lui capisco poco-niente. Mi ci vedi a girovagare senza meta in Senegal? Mi sa che c'è un'unica cosa da fare per ora».

«Già...» Si sono intesi alla perfezione. Ora Eva sa cosa deve fare. Almeno da qui a domattina. E già non sarà qualcosa di facile per lei.

4.

Serve un piano

La mattina è arrivata presto per Eva, anche perché non ha praticamente dormito, ma non è certo una novità. A volte pensa che potrebbe provare a invertire notte e giorno. Anche perché le prime ore del mattino sono sempre per lei di grande ispirazione. È da quando l'umanità si sveglia che tutti i pensieri si affollano. Ma ha un negozio e i fiori di certo non si vendono di notte. Ora è letteralmente terrorizzata da quello che sta per fare. Ma è arrivato il momento.

Ogni giorno suo padre e sua sorella fanno visita all'anziana nonna e stamattina sarebbe andata anche lei. Le serve un momento "che la forza sia con te" per affrontare la sorella e soprattutto perché deve fare un passo verso la nonna e non sa come reagirà. Non è mai stata brava a gestire il conflitto. Al limite si metterà a piangere. Sai che novità.

«Buongiorno…» Entra dalla porta-veranda aperta della piccola ma graziosa e curatissima villetta Liberty di nonna Eva, Eva come lei.
«Ma che bella sorpresa, Eva mia bella» il padre le va incontro, zoppicando appena… un po' di artrite. Quell'omone alto e grosso, pelato e con gli occhiali spessissimi l'abbraccia con una forza che quasi le toglie il respiro.
«Ciao papone mio, sono felice anch'io di vederti. Ho pensato di farvi una sorpresa. Ciao Lucia, ciao nonnina».
«Finalmente ti sei degnata. Certo immagino tu abbia avuto tantissimi impegni con la tua botteguccia preziosissima. Ma quando ti deciderai a mettere la testa a posto, a tornare sulla Terra da quel mondo di sogni che ti sei creata per non crescere mai?! Quando pensi di farti una famiglia, dei figli. Guarda che non hai poi così tanto tempo ancora». Appunto, ecco la prima stilettata, non mortale perché del tutto scontata, della sorella. L'argomento 'figli' è il suo preferito, per

questo non farà ora nessunissima rivelazione. Anche perché ancora non ha la sicurezza e poi è venuta per altro. Ma non ha intenzione di lasciare cadere l'argomento.

«Guarda che c'è chi sopravvive bene anche solo e poi che vuoi dire? Non tutti sono portati per un lavoro d'ufficio, né sono disposti a compromessi solo per guadagnare di più».

«Senti un po', Alice, scendi dal pero delle meraviglie: per vivere servono soldi e i soldi si fanno lavorando sodo. Tu invece vivi nel tuo mondo fatato. Questa storia poi del senegalese… proprio da te. Ma scordati che io l'accetti mai!»

«Sai, ho una notizia flash per te: chissenefrega! Il *senegalese* ha un nome, primo. Si chiama Hatou e ha qualcosa che la maggior parte della gente che conosco non ha: un sogno unico, vero, concreto, che gli riempie la vita. Il tuo sogno al massimo è fare le scarpe al tuo capo, dopo essertelo scopato. Che credi che non lo sappia che metti le corna a quel tesoro di marito che ti ritrovi? Povero Paolo, un santo!» Dice tutto d'un fiato, rendendosi conto, mentre parla, che sta inesorabilmente diventando paonazza e che la giugulare le sta pulsando nel collo. Ma si sente anche sollevata. Al diavolo il fair play!

«Ma come ti permetti, ca…volo!» Non sa neanche dire le parolacce, brutta patetica ipocrita, pensa Eva.

«Ehi ehi, voi due! Da giudice quale sono stato per tutta una vita e, voglio specificare, dalla reputazione ineccepibile avrei tanto da argomentare su entrambe le vostre posizioni ma siamo qui per la nonna, non per voi!» Dice Bruno, mimando il gesto, fatto chissà quante volte, di battere il martelletto sul tavolo.

«Infatti… siete qui per me e non intendo perdere questo privilegio. Alla mia età è raro» interviene per la prima volta la nonna Eva, una donna dall'aspetto coriaceo e ancora in forma. Si capisce subito che tiene al suo aspetto, in particolare a mettere in risalto i suoi begli occhioni azzurri, come quelli della nipote. Oggi sfoggia un completo bianco immacolato. «Eva, cara, se sei venuta qui è perché c'è qualcosa che ti turba e sono molto lieta di ascoltarti» dice la nonna alzandosi e dirigendosi verso il patio, in un giardino molto ben tenuto. Del resto anche l'amore per le piante Eva l'aveva ereditato da sua nonna, insieme al "dono".

«Allora, dimmi tutto tesoro. Anche se sai che io alla fine so».

«Intanto nonna volevo scusarmi moltissimo per il mio comportamento dell'ultimo periodo. Ero ferita e non ho pensato che tu con Gianni sei felice ed è giusto che ti sia rifatta una vita». La nonna la guarda e fa un gesto con la mano come a dire "acqua passata".

«Sai piccola, ne ho viste talmente tante, volente o nolente – tu sai di cosa parlo – che non posso proprio concepire di non perdonare una cazz... scusa una sciocchezza del genere. Non ti perdono semplicemente perché non c'è nulla per cui dover essere perdonata». Eva, che ancora sta sorridendo per la quasi-parolaccia della nonna, la abbraccia forte e comincia, in un fiume

di parole, la storia di Hatou, del suo amore, del forse-figlio e di tutti i suoi dubbi.
«Che devo fare nonna?».
«Sono sicura che dentro di te lo sai già. Io di certo non te lo posso dire, perché solo tu puoi sapere quello che vuoi veramente. Io posso solo dirti che quando ci si butta con convinzione, amore, e fede beh... una rete appare di sicuro!» Eva sorride perché ha capito molto bene le parole della nonna. Certo, forse si aspettava una cosa più all'Oracolo di Delfi – che poi pure lui così chiaro non era – ma va benissimo così.
«Ora devi fare uno sforzo grande nell'avere pazienza. Pazienza nel raccogliere tutte le tue forze, nel recuperare la fiducia in te stessa e nel mettere in moto anche un po' di celluline grigie perché senza un piano non si va da nessuna parte».
«Grazie nonna. Non sai quanto mi hai aiutata. E prometto che la prossima volta verrò con un mazzo di fiori di piselli dolci».

«Che dicono "grazie". Ma la cosa più grande che puoi fare per sdebitarti è essere felice. Promettimelo».

«Nonna, ma guarda che ti terrò aggiornata. Comunque ti prometto che farò di tutto. Cercherò di andare oltre il mio meglio!» Le due congiungono le teste, mentre si stringono le mani ed Eva sente un flusso distensivo percorrerla da capo a piedi. Nonna, sei la migliore!

5.
Un colpo al cuore

È passata un'altra settimana. Anche la ginecologa lo ha confermato: Eva è incinta. Si immagina già una bimba mulatta bellissima, con i suoi occhi azzurri e i capelli ricci del suo Pap. Si sente felice. Però Lorenzo è tornato. Non può più fare finta di niente. Le sembra di prenderlo in giro e far soffrire gli altri è la cosa che più la manda in conflitto con sé stessa. Si odia anche solo quando vede un gattino pulcioso per strada e non lo prende con sé. Cosa invece che una volta Carlo ha fatto… superficiale e grezzo quanto vuoi ma in fondo dal cuore tenero.

Sono sul divano, lui le accarezza la testa appoggiata al suo petto. «Ti devo parlare Lorenzo» dice Eva risoluta ma anche malinconica.

«Me lo aspettavo. Non ho insistito perché con te sto troppo bene ma non voglio nemmeno che nessuno dei due perda tempo o si giunga a un punto di non ritorno.

Ti voglio bene, so che starò un po' male ma conoscendoti voglio rassicurarti: non sarà colpa tua. Non lo è mai quando si è sinceri e si hanno intenzioni oneste e buone».
«Sei davvero un giovane saggio. E anche io desidero che tu abbia la felicità che meriti» e prende a raccontare, senza pause né lacrime, tutta la storia, compresa la novità del bebè in arrivo.
«Wow! Quanta vita non mi hai raccontato! Ma ora almeno capisco perché sentivo sempre come un freno a mano nel nostro rapporto. E poi un figlio è una cosa grande, meravigliosa. Io posso solo immaginarlo ma una cosa certa è che sarai una madre meravigliosa».
Eva lo bacia teneramente sulle labbra prima che lui continui: «nessuno può dirti cosa devi fare. Ma facciamo così: io ora devo partire per le Isole Chausey, in Francia. Starò via un po'. Se e quando torno vedremo a che punto stiamo. Ti va?»

«Ok, mi sembra un buon proposito!» E suggellano il patto con un bel bicchierone di latte e menta, munito di due cannucce.

Eva sente il cellulare vibrare insistentemente. Chissà chi è a interrompere questo momento così particolare. Suo padre.

«Ciao papà, come mai chiami a quest'ora? Stai bene? È successo qualcosa?» Silenzio dall'altra parte. A Eva sembra persino di sentire un singhiozzo.

«La nonna…la nonna… non c'è più. Ci ha lasciati poco fa. A casa sua». Eva si sente svenire. Sente come un vuoto dentro e un enorme macigno piombarle addosso. Finché una lacrima scende e poi un'altra e poi un fiume, che Lorenzo è pronto a raccogliere in un abbraccio fortissimo.

«Arrivo subito» chiude col padre. Dopo aver salutato Lorenzo, con un sorriso, appena accennato ma sincero, si precipita alla villetta, con un nodo alla gola e il suo gemello allo stomaco.

6.

È tutto finito

«Che tristezza. Mi viene ancora da piangere...» Carlo si è fermato a casa di Eva dopo il funerale.

«Grazie di essere venuto. Sai... quando l'ho vista – meno male che ho seguito il tuo consiglio – mi è parsa strana, salutandomi mi ha detto qualcosa che ora non ricordo ma che lì per lì mi ha fatto pensare che assomigliasse a un addio ma non ci ho fatto tanto caso. Chi se lo poteva immaginare. Probabilmente sapeva di non avere più tanto tempo ma non voleva che ci preoccupassimo. Tipico suo». Eva la ricorda mentre nella mente passano tutte le immagini delle vacanze al mare da bambina con i nonni, il momento in cui aveva confidato alla nonna del dono e lei le aveva spiegato tutto, l'ultimo incontro per fare pace e trovare conforto, che puntualmente aveva trovato.

«Ma – scusa se cambio argomento – cosa hai poi deciso di fare? Hai un piano, un'idea?»

«Ci stavo lavorando ma adesso come faccio. Non posso lasciare mio padre da solo in questo stato. Per lui la nonna era un punto di riferimento, un caposaldo. Ora è molto giù e non mi sembra giusto mollarlo proprio adesso».

«Quindi avevi deciso di partire alla ricerca dell'amor perduto!»

«Sì ma ormai… beh… è tutto finito» è la sentenza di Eva. Per lei la famiglia viene prima di tutto. E come suo padre l'ha sempre aiutata, adesso tocca a lei. Lo sa. Lo sente. Sente che è la cosa giusta.

«Ti capisco, amica mia. Ma in tutto questo accudire… non dimenticarti di te. Non far passare troppo tempo insomma. Nove mesi passano in fretta. Meglio muoversi quando ancora riesci a camminare sulle tue gambe. Io ti aiuto ma scordati che spinga una sedia a rotelle con una balenottera sopra!» Eva fa finta di offendersi ma ride e soprattutto la cosa più importante l'ha capita: Carlo è disposto ad aiutarla. Quando e se sarà…

L'amico se n'è appena andato quando suona il campanello. E ora chi è? Un po' di solitudine per mandar giù tutto quel groppo di dolore ingarbugliato e confuso ora le sarebbe vitale. Speriamo non sia uno scocciatore. Invece è sua sorella Lucia, o "Lucifera" come adesso l'ha ribattezzata nella sua mente. Purtroppo anche l'ultimo disegno che ha fatto su di lei ha messo bene in evidenza tutta la sua aridità, il suo egoismo, il suo cinismo. Eva sente quasi compassione per lei: si è persa. Ma sa di non poter interferire con il percorso di nessuno. Spera solo che non sia venuta per l'ennesima ramanzina. Non sa quanto purtroppo non sia così...

«Senti Principessa sul pisello» le dà sempre questi nomignoli da favola che Eva odia perché non ci si ritrova. Sa di essere una sognatrice ma non riesce a vederlo come un difetto. Ma capisce anche che dopo la morte della madre sua sorella si sia sempre sentita in dovere di riportarla a un senso di realtà che poi è sempre stata la sua, di difesa.

«Spero tu abbia visto lo stato di nostro padre. Più che mai adesso ha bisogno di noi. Tra la zoppia che lo limita nella sua esuberanza e la mancanza di nonna... ci manca solo che perda lucidità e si lasci andare. Dobbiamo organizzarci per non farlo mai stare solo. Dobbiamo fargli compagnia per non farlo mai sentire inutile o peggio abbandonato. Quindi scordati quella tua pazza idea di partire per il Senegal. Tra l'altro non stai andando a Cap Skirring con *Avventure nel Mondo* a fare snorkeling. Stai partendo, DA SOLA, per chissà dove. Nel tuo stato poi... staremmo anche in pena e questo non ce lo meritiamo». Queste ultime parole hanno sorpreso Eva. Da quando in qua sua sorella si preoccupa per lei? Le fa piacere ma allo stesso tempo si sente ripetere in testa "è tutto finito". Perché per suo padre farebbe di tutto.
«Certo Lucia. Ci ho già pensato. Non preoccuparti, ci sarò. Per papà è il minimo».

«Bene, per una volta ragioni con la testa e non con le tue sensazioni… mistiche!» Ok, Lucia era sempre Lucia.

«Dai, domani vado io. Mi prendo il pomeriggio» si offre Eva.

«Bene, ci conto!» chiosa la sorella e senza salutare scappa via, chissà dove. Nel dedalo dei suoi impegni da manager in carriera, pensa Eva.

7.
La speranza è l'ultima a morire

«Qui c'è lo zampino di Lucia. Io non ho bisogno di niente. Certo, nonna mi manca ma avrò modo di trovare altre valvole di sfogo, anche senza il vostro aiuto. Non fraintendermi, avervi qui con me mi fa ringiovanire solo al pensiero ma non dovete sacrificarvi per me. Tu poi che…»
«Papà, quello può aspettare. Ci ho messo tanto a decidermi. Qualche tempo in più non farà la differenza. In più ti sia chiaro che non è un dovere. Per noi è un piacere stare con te. Vedrai che tutto si sistema». Tutto si sistema ma intanto tutto è perduto, pensa, come un mantra ormai, Eva, mentre guarda gli occhi umidi del padre dietro quegli occhiali dalla montatura demodé.
Da questo momento, quando è il turno di Eva lei si impegna molto a tenerlo occupato: intanto l'ha convinto ad andare insieme a scegliere una montatura

più moderna per gli occhiali. Un giorno passeggiano tra la natura, mentre lei gli legge un libro; un altro giocano a *UNO* o persino a *Indovina Chi?* Oppure fanno torte e sfornano pizze per la cena. Altre volte è lui a darle una mano nel negozio. Non gli è ancora chiaro il dettaglio del basilico ma lei, pazientemente, gli spiega che era stata un'idea della nonna, anni fa, e lei ora non può che renderlo un tributo proprio a lei. Ogni bouquet contiene un po' della nonna, gli spiega, e lui sorride. Pian piano diventa bravino e comincia a imparare a memorizzare il significato dei fiori.

«Buongiorno signora. Cosa posso fare per lei?»

«Buongiorno. Vorrei regalare dei fiori a mia figlia. Sa ultimamente facciamo fatica a comunicare. Suo padre praticamente non c'è, siamo separati. Io vorrei dirle che mi manca».

«Caspita! Ho proprio quello che fa al caso suo: camelie rosa» e le confeziona un bel bouquet con l'immancabile fogliolina verde.

«E questa?» Chiede lei, come tutti stupita dalla strana presenza.
«È un'idea di mia figlia. E anche un... diciamo... rito famigliare. Spero le piaccia».
«Sì, molto originale. Sono sicura che mia figlia apprezzerà».
«Bene. Allora molti auguri. Lo consideri un omaggio della casa».
«Ma no, mi dica quanto le devo».
«Beh, c'è una cosa che lei può fare per me. Ovviamente senza impegno. Sa, le mie figlie sono preoccupate per me e si stanno sacrificando per farmi sempre compagnia. Se lei mi facesse l'onore di offrirle un gelato uno di questi pomeriggi, almeno allevierei loro e starei in ottima compagnia. Non ho fatto molta vita sociale dopo la morte di mia moglie».
«Oh, mi dispiace, non sapevo. Comunque... proposta strana ma simpatica! Accetto. Questo è il mio numero. A proposito, io mi chiamo Angela».
«Piacere Bruno. Allora... a presto!»

Eva ha osservato la scena chinata dietro un voluminoso bonsai e non può trattenere una reazione di divertita sorpresa: suo padre sa rimorchiare meglio di lei! Bene… era proprio ora che pensasse a riprendere una vita normale, con altri esseri umani oltre alla sua famiglia.

Un giorno in cui Eva gli sta leggendo *Orgoglio e Pregiudizio* mentre lui sonnecchia, d'un tratto il padre le dice: «senti Eva, hai presente quella signora… Angela… ok beh, ci stiamo vedendo spesso ultimamente e sai a volte devo inventare scuse con lei perché state arrivando voi. Insomma. Non è bello per un uomo della mia età. Cioè…»
«Cioè… hai tutto il diritto di volere la tua privacy e la tua libertà. Se riesci a convincere Lucia…»
«A lei ci penso io. Tu piuttosto… non vorrai aspettare le doglie per andare a riprenderti il tuo futuro o come voi romantici lo volete chiamare. Oppure per mandarlo a ca… a spigolare, se è il caso, e metterci una pietra

sopra per andare avanti. Sai con Angela ne ho parlato molto, avevo bisogno di confidarmi. Lei è d'accordo con me: la felicità dei figli è la felicità di noi genitori. E non potrei mai perdonarmelo se tu perdessi un treno per stare ferma qui, per me. Che poi me la sto spassando alla grande!»

Eva non riesce a trattenere una fragorosa risata. Piange dal ridere ma anche di felicità perché forse allora non tutto è perduto!

«Di cosa parlate?» Lucia entra come una furia, sempre di corsa, sembra una trottola che gira gira ma rimane sempre lì. «Stavo dicendo a tua sorella che ormai che c'è Angela ho un po' voglia di godermi con lei questi begli anni. Ricominciare è sempre rischioso, ma sempre bellissimo. Non ho più bisogno di badanti e tua sorella può partire, per quanto mi riguarda» aveva parlato con tono perentorio, lasciando Lucia a bocca aperta.

«Suppongo di dovermi arrendere. Va bene. Ma non sono d'accordo!»

«Tranquilla, ho già arruolato Carlo e poi… sì insomma, ho già pensato a tutto» Eva non sta nella pelle «anzi, vado a sistemare alcune cose».
Sulla porta la sorella la ferma: «Senti Eva, promettimi che starai attenta e per qualsiasi cosa noi ci siamo. Sai ci ho pensato molto in questi giorni. Tu credi di parlare a vuoto ma io ascolto sempre quello che dici. Forse perché un po' la tua capacità di sognare e immaginare mondi migliori io la invidio. Sono fossilizzata in un lavoro che a dire il vero mi sta logorando. Insomma, ho perso il contatto con le mie emozioni. Faccio anche fatica a dirti come sto fisicamente perché il mio corpo è da mo' che non l'ascolto più».
«Senti sorellona, devi capire una cosa che io ho imparato a mie spese: non sei Dio. Non sei onnipotente. Non dipende tutto da te. Devi pensare di più a te stessa perché se stai bene tu, staranno bene anche quelli che ti vogliono bene. Capito?»
«Capito! Meno *money* e più *love*. Però questa te la prendi!» E le allunga una carta di credito. «Non fare

quella faccia, ti servirà!» Eva l'abbraccia e le sussurra, come faceva da bambina quando giocavano al telefono senza fili, «ti voglio bene sorellona». Lucia la guarda fiera e con un cenno del capo le lascia le mani.

Quella notte Eva fa un sogno strano. Sta passeggiando con sua nonna in una distesa di margherite, sotto un cielo terso, con uccellini di vario tipo che intonano melodie corali, quando l'anziana sbotta «Muoviti, diamine!». Eva sorride nel sonno e biascica «Ok nonna».

8.

Andiamo a riprendercelo!

Al risveglio si sente molto leggera e mentre aspetta Carlo per organizzare tutto insieme, dà un'occhiata alla posta elettronica. C'è una mail di Lorenzo: "Ciao fiorellino. Come va? Ti immagino mentre, con il pc appoggiato a una bellissima pancia a uovo cerchi soluzioni incredibili per partire. Ho ragione vero? Io mi sono stabilito qui. Ho incontrato Charlotte, una dolcissima francesina. Ci stiamo conoscendo ma sento le farfalle nello stomaco. Tu che te ne intendi, è normale? È stato un piacere condividere un pezzo di strada con te. Buona fortuna e non tornare a mani vuote. Ricorda che chi ci prova, ci riesce! Un bacio".
Eva risponde. Ha visualizzato un molto intenso e pieno di passione quindi gli dice: "Qualcosa mi dice che andrà tutto bene. Per te e per me. Quello che senti si chiama "principio di innamoramento". Poi passa. Quindi goditelo! Anche per me è stato un privilegio

conoscere un'anima così affine e ti bacio e abbraccio come farei con un enorme pelouche;) Ah… grazie di tutto!"

Il campanello trilla. Carlo.

«Ciao baby. Sento odore di caffè. Una tazza grande *please*. Abbiamo molto lavoro da fare».

«Pronto! Senti ho guardato su internet i voli…»

«No no no. Ho un'idea alternativa, anzi, una soluzione ideale che farebbe felici tutti».

«Tutti chi?»

«Mi è capitato di incontrare un senegalese, Jossim».

«Scusa… tu che frequenti extra-comunitari?!»

«Sì…beh…ha una sorella molto bella, certo, ma anche molto dolce e…»

«…e te ne stai innamorando?! Ma non erano tutti qui per fregare il prossimo, rubare il lavoro…»

«Dai ora non fare di tutta l'erba un fascio!»

«Io???»

«Va beh dai, uno può cambiare idea no? Comunque, non parliamo di me. Jossim tra l'altro ha conosciuto

Hatou perché a volte lo ha aiutato a caricare un camion con le cose che il tuo… *amorino*… voleva portare in Senegal per le case – mobili, materiali vari… boh non ho approfondito. Jossim si è giustamente scocciato di stare in Italia, come dargli torto. Ora come ora anche il Burundi ci batte. E ha nostalgia di casa sua. Quindi vuole tornare là e si è offerto di portare altro materiale per Hatou. Quindi…»

«…quindi mi muoverei in camion??? E il tragitto sarebbe???»

«Jossim l'ha fatto mille volte: si passa per la Spagna. Con noi verrebbe anche un suo amico. Un po' intrallazzone ma sono due braccia in più e speriamo non faccia casini».

«Oddio, ci manca solo il porta-sfiga della situazione».

«Tranquilla, Jossim mi ha detto che gli ha fatto una testa così. E poi uno in più che conosce la lingua ci serve no?»

«Ho notato solo adesso che stai parlando al plurale. Vuoi dire che mi fai l'immenso regalo di venire con me?»
«Sì, ma vale per i prossimi Natale e compleanno!» Eva è al settimo cielo: «Diciamo che ti abbuono i regali per tutta la vita!»
«Ok, mi sembra un buon compromesso. E mi paghi anche le lezioni di snorkeling quando siamo là?» Eva strabuzza gli occhi ma annuisce, tanto ha la carta della sorella, pensa tra sé. E le spunta un sorriso beffardo.
«Ah...si parte tra una settimana. Si viaggia leggeri, mi raccomando».
«Guarda, io mi porto solo la pancia!» E se la accarezza con dolcezza e gioia. Finalmente tutto è di nuovo possibile.

9.

Si parte!

La settimana più lunga della sua vita. Comincia a sentirsi stanca per via della gravidanza. Quindi benedice l'aiuto del padre con il negozio. Ha già preparato le valigie: passaporto, tutti gli oggettini per le situazioni di fortuna – mini kit per bagni, docce, salviettine intime e per ogni altra evenienza. Fortunatamente il clima di giugno consente di portarsi cambi leggeri: shorts, magliette ormai XL e sandali. Ha fatto tutte le visite e le profilassi necessarie (sempre tenendo presente la sua condizione). Si è procurata anche qualche ansiolitico naturale per ogni evenienza. Si sente spaventata ma anche euforica. Le incertezze sono tante ma la voglia di iniziare un'impresa così avulsa dal suo quotidiano è grandissima, emozionante.

Il giorno della partenza Carlo è puntualissimo, vestito da uno che sta per affrontare un safari tra belve feroci e portando due grosse borse pienissime.
«E meno male che dovevamo viaggiare leggeri...» Osserva Eva incrociando le braccia.
«Io ho solo questo» e mostra uno zaino, bello grosso ma praticamente vuoto. «Ho tenuto spazio per i regalini» e strizza gli occhi arricciandosi una ciocca di capelli che nei mesi sono diventati lunghissimi.
«Dai, non questionare sempre su tutto. Jossim dovrebbe arrivare tra poco con Mohammed. A proposito anche lui già che c'era ha caricato delle cose sue, poca roba eh».
«Sì, dai, va bene tutto basta partire, il viaggio è lungo».
Eva riceve una videochiamata dal padre e dalla sorella: entrambi hanno gli occhi lucidi. Il padre le augura di divertirsi; la sorella la riempie di raccomandazioni. Una coppia perfetta, pensa Eva. Una bella famiglia, anzi.
«Ah eccolo. Ciao Jossim!»

«Ciao belli. Piacere, tu sei Eva, sicuro!»
«Sì, molto piacere di conoscerti. E grazie. Grazie davvero».
«Per Hatou e i suoi amici questo e altro. Ne abbiamo passate io e lui, soprattutto durante l'ultimo Ramadan. Non sai quanti pasti mi portava dalla mensa aziendale e come era bello cucinare senegalese insieme. Alzarci alle tre di notte per fermare un po' la fame e ricominciare il lavoro la mattina dopo». Eva sorride.
«Eh sì, ne so qualcosa. Ho imparato ad avere molto rispetto per le tradizioni altrui. Non che non ce l'avessi prima ma, credimi, Hatou mi ha confermato, "in diretta", quanto arricchente sia la diversità».
«Pensa che a me ha insegnato la stessa cosa Carlo. Un tipo così strano ma così generoso non l'avevo ancora incontrato in Italia». Eva lo guarda incredula. Evidentemente la vita sta offrendo all'amico molte occasioni per fare uscire parti di sé ancora acerbe, pensa. Bravo Carlo! E comunque l'amico è amico

quando c'è sempre per te. E Carlo in quello non lo batte nessuno!
Tornata alla realtà da queste riflessioni, Eva si rivolge curiosa ancora a Jossim: «A proposito, perché ti sei stancato del Bel Paese?»
«Beh perché ultimamente non è più così Bel... troppa burocrazia, ancora tanti pregiudizi e molta ignoranza».
«Parole sante. Io a volte mi vergogno di essere italiana. O meglio, amo questo paese. C'è il mare, la montagna, il buon cibo e una forma di resilienza che mi sento di onorare. Però le piaghe sono tante. E non parlo dei sanpietrini romani o del traffico. Ma di una classe politica allo sbando e un popolo manipolato da una tv che manda baggianate al limite della propaganda. Quindi il problema vero sono gli italiani. Magari anche io. Però almeno delle domande me le faccio».
«Eh già... però anche tutto questo mi è servito a capire che volevo tornare a casa. Da chi mi ama e mi ascolta».
«Pensa che sto partendo per lo stesso motivo: ritrovare qualcosa di vero. O almeno, io ne sono convinta.

Anche se Hatou non si è più fatto sentire e onestamente non so se essere arrabbiata o preoccupata».

«Baaastaaa. State diventando complicati. Sapete che per venire incontro alle mie capacità mentali dovete parlare cinque minuti. Poi io perdo l'attenzione».

«Addirittura meno di un pesce rosso» scherza Eva e anche Jossim ride, mentre Carlo scuote la testa incrociando le braccia.

«A proposito, questo e Mohammed. Non parla benissimo l'italiano ed è un po' taciturno» il ragazzo si avvicina, stringe tutte le mani senza una parola. Meglio, pensa Eva, Carlo parla anche per le orecchie. Spera in Jossim per i momenti di quiete di cui ha bisogno.

«Allora… ho pensato ad alcune tappe intermedie, poi se abbiamo la forza e poco sonno continuiamo: Barcellona, Valencia e poi dritti ad Alicante. Ho la carta di credito di mia sorella e non ho la minima intenzione di darmi al risparmio, per una volta».

«Grande! Direi che si parte sotto i migliori auspici!»

Esulta Carlo.

10.

Il viaggio "della speranza"

Il viaggio fino a Barcellona è abbastanza piacevole e scorrevole. Il clima è clemente. Viaggiare su un camion stracarico rallenta un po' la tabella di marcia, oltre alle innumerevoli soste richieste da Eva. Il bimbo comincia a importunare la vescica. Carlo un po' parla, un po' dorme, un po' pretende di ascoltare musica *progressive* a tutto volume. Jossim ed Eva di scambiano occhiate rassegnate, mentre Mohammed tace. Non cambia quasi mai espressione. Mai un sorriso. Quando Eva gli ha stretto la mano ha visto immediatamente un disegno vago e nebuloso. Una personalità difficile da definire e certamente poco trasparente. Ma, s'è detta, è solo una presenza in più. Non ~~ci~~ devo per forza farci amicizia. Una volta arrivati, ognuno per la sua.

A Barcellona, Carlo e Jossim non vogliono perdersi movida e paella, mentre Eva non ha fame ed è molto

stanca. Vuole solo un letto comodo, una bella doccia e una camomilla in camera. L'hotel è il migliore della zona: come promesso, niente spilorcerie. Per una volta si ragiona come Lucia!
Mohammed per la prima volta cambia espressione: da immusonita a stupita. Eva prova quasi tenerezza per lui. Purché rimanga a distanza.
«Mi raccomando, non fate tardi che domattina abbiamo un bel po' di strada, e visto i nostri ritmi...»
«Sì mammina. Oh, non è ancora nato o nata e già mi fa pena. Ti prego, mia nipote dovrà essere sveglia e *trendy*, non rigida e scopa nel...»
«Sarà come suo padre. Forte e coraggiosa. Ma scusa io sarei una specie di Signorina Rottermeier?!»
«Uff... non si può neanche scherzare. Però non vorrei che usare la carta di credito di tua sorella provochi una specie di scambio osmotico...» Eva ride di gusto. In effetti avere tanti soldi, pensa, aiuta il buonumore. Ma son più rogne che altro.

«Tranquillo. Ho il sospetto che sia più lei che col tempo assomiglierà a me. Intanto ho saputo da mio padre che ogni tanto anche lei va a dargli una mano in negozio».

«Furbo babbo Bruno! Così può spassarsela con Angela la vamp».

«Non è una vamp… è una delizia e poi…»

«Ragazzi, avete diverse ore domani per questi dettagli. Adesso è meglio andare». Meno male che c'è Jossim che riporta tutti all'ordine, pensa Eva. Davvero in gamba!

«Ok baby. Andiamo, colpiamo e torniamo!» E i tre non riescono a trattenere una risata. Carlo dovrebbe fare cabaret, non c'è dubbio, pensa Eva.

Spaparanzata sul morbidissimo letto dell'Avenida Palace, Eva pensa a quante volte con Pap avevano immaginato un weekend fuori porta solo loro due. Senza 'pugnette', come diceva sempre lui. Ricorda come piano piano lui si è aperto, anche nel chiederle, spesso con titubanza, quasi vergogna, un aiuto economico. Che lei non aveva mai avuto problemi, nei limiti delle sue possibilità, a dargli. È convinta che chi ha di più ha l'obbligo di dare. E se lo facessero un po' tutti… Già, il "mondo migliore" sognato da tutte le Miss Italia da sempre, non esiste. Esisterà forse.

Si accarezza la pancia e un po' di preoccupazione l'assale: Hatou potrebbe reagire anche molto male. Ma è sempre meglio sapere che restare nel dubbio.

Una doccia la rimette in sesto e la rilassa al punto da farla quasi addormentare. Sente un rumore provenire dalla stanza di Mohammed. Sicuramente starà raggiungendo gli altri… comunque, fatti suoi! I sogni l'aspettano.

11.

Tutto perduto... di nuovo!

A Valencia arrivano nel tardo pomeriggio e il fascino di una città a Eva sconosciuta è irresistibile. Questa volta andrà anche lei in ricognizione. C'è tempo per una visita alla Cattedrale – che pare nasconda il Santo Graal – e alla Città della Scienza e delle Arti. La serata invece si conclude al Barrio del Carmen.

«Pare che qui facciano la migliore paella in assoluto» propone Eva.

«Noi l'abbiamo presa ieri. Che ne dici Jossim di un po' di tapas?» Propone Carlo, che si guarda intorno per non perdersi nessuna studentessa in minigonna e gambe abbronzate che passeggia nel viale.

«Guarda che lo dico a mia sorella» lo minaccia bonariamente Jossim. Beata solidarietà maschile, pensa Eva. Anche Mohammed sembra meno pensieroso del solito. Di parlare non se ne parla ma almeno sorride alle battute di Carlo, che per

l'occasione indossa jeans attillati, una maglietta stracciata e un paio di occhialoni da sole vintage dalla montatura arancio. Vuole mimetizzarsi con gli studenti, pensa Eva. Beato chi lo conosce, si autocompiace.
La serata si conclude in modo molto piacevole. Ma la stanchezza di tutti è tale per cui decidono di andare a dormire. Domani li aspetta la prova più importante: arrivare al porto e passare tutti i controlli, che negli ultimi anni si sono intensificati.
Il giorno dopo la partenza è all'alba. L'euforia di Eva cresce sempre più e la nottata infatti è stata un po' agitata. Manca poco, spera, a rivedere Hatou e la paura che se ne sia andato così per non doverle dire apertamente che la storia è arrivata al capolinea comincia a infastidirle la mente. Anche perché non si è più fatto sentire. Non ha più sue notizie. Ma il cuore le dice altro. In più il ricordo della nonna, del suo appoggio e della sua impavidità nel ricominciare a vivere alla sua età… Insomma, glielo deve, così come

lo deve a sé stessa e alla sua principessa dagli occhi blu che porta in grembo. Poi se è maschio è uguale! Comunque sarà certamente un bel frugoletto, questo è sicuro. Pensa sorridendo tra sé.

Ad Alicante la fila è immensa. Li fanno accomodare in una specie di tendone da circo mentre controllano il carico dei camion. Tra bambini piagnucolosi, genitori che si inventano ogni tipo di distrazione pur di zittirli, uomini e donne vestiti impeccabilmente che si fanno aria con ventagli dai motivi ispanici, famiglie numerose – italiane, si capisce subito – che mangiano panini super imbottiti e bevono a collo dalle bottiglie da due litri di *Cola* – Eva è completamente rintronata e molto stanca.

«I signori Eva Ferraro, Carlo Martelli, Jossim Gueye e Mohammed Faroud sono pregati di presentarsi al punto di polizia presso l'angolo informazioni» enuncia in tono asettico e perentorio una voce all'altoparlante.

«Oh Dio! Cosa ci sarà adesso che non va?» Chiede a nessuno in particolare Eva, agitata e tesissima.

«Uh una nuova avventura per i nostri eroi!» È invece la reazione scanzonata di Carlo.

Jossim e Mohammed invece stanno in silenzio. In particolare Mohammed è completamente bagnato di sudore e si sfrega le mani.

«Salve. Scusate, c'è qualche problema?» Chiede Eva quasi ansimando al poliziotto che li sta aspettando nell'ufficio indicato.

«Sì signorina. Voi cosa state trasportando esattamente?»

«Beh, l'avrete visto: sono mobili e materiali regolarmente acquistati in Italia da portare in Senegal» spiega Eva cercando di mantenere un tono calmo e rassicurante.

«E quelle poltrone a cosa servirebbero?» Eva è smarrita. Poltrone, poltrone... quelle di Mohammed!

«Mohammed, sono tue no? Parla tu!». Silenzio... solito maledettissimo silenzio, pensa Eva spazientita.

«Vi informo che sono piene zeppe di cocaina». Eva e Carlo sbiancano.

«Oh Farouk… la spy story mi mancava…» È il commento di Carlo che però non ride e non ha la minima voglia di sdrammatizzare, questa volta.
Jossim è stranamente silenzioso, la faccia rossa, i pugni chiusi e le mascelle serrate. Alla fine sbotta, urlando senza preoccuparsi di chi lo sta fissando, i soliti curiosi che si sono ammassati dietro i vetri dell'ufficio: «*Qu-est-ce que tu as fait?*» Grida al connazionale in francese, chiedendogli "cosa diavolo ha fatto".
«*Tu avais juré de ne pas faire de conneries*» insiste ricordandogli che aveva promesso di non fare pasticci.
Mohammed continua nel suo mutismo, gli occhi rivolti a terra.
«Insomma signori, in attesa di accertamenti dobbiamo trattenervi per questa notte. Qui».
Eva vorrebbe urlare che lei non c'entra niente, che non ne sa nulla, che è stata ingannata a sua volta ma non le esce la voce.

«Noi non ne sappiamo nulla» le viene in soccorso Carlo «altrimenti le pare che avremmo rischiato questo? Noi stiamo andando in Africa per una… beh è una storia lunga. Ma non certo per questa schifezza. Lo so che noi italiani siamo dei buzzurri a volte ma certe cose le lasciamo alla criminalità organizzata. Vi sembriamo mafiosi o camorristi noi?» Il poliziotto li guarda e vede una donna incinta sull'orlo di una crisi di nervi, uno spilungone vestito in modo improbabile ma, occhio e croce, di certo non uno con la mentalità di un narcotrafficante. E infine un senegalese più arrabbiato dei due italiani. Non è difficile capire che probabilmente l'unico con qualcosa da nascondere è l'altro senegalese.

«D'accordo. Stanotte restate qui. Intanto faremo tutte le ricerche e chiederemo i riscontri del caso».

Ecco… di nuovo tutto perduto, pensa Eva.

Con chi può parlare? Lei ha sempre vissuto una vita onesta e… basta, non ce la fa più.

«Ragazzi…» Ma non riesce a finire la frase prima di svenire.

12.

Non può essere vero…

«Su …», baby, non puoi assolutamente mollare adesso. Vedrai che tutto si sistema».

«Carlo, credimi, apprezzo, ma qui non stiamo parlando di una storta, di un'influenza, di una gomma bucata».

«Io un'idea ce l'avrei: tuo padre non era giudice? Chissà quante conoscenze ha. Può parlarci lui con loro». Eva è perplessa: una notizia del genere sconvolgerà il padre e non farà altro che dare ragione a sua sorella. Ma non vede altre alternative.

«Pronto amore mio! Che bello sentirti! Ormai ci siete no?»

«Papà… ho bisogno del tuo aiuto. Qui è successo un grande casino».

«Che casino tesoro?»

«Ci hanno... uff… praticamente arrestati. Calmo, calmo, ti spiego: uno dei nostri compagni di viaggio ha pensato bene di nascondere della droga in qualche poltrona che ci ha chiesto di caricare sul camion insieme alle nostre cose».

«Ok. Stai calma. Certo, quel coglione meriterebbe un calcio dove non batte il sole ma al massimo lascialo fare a Carlo. Tu non ti devi agitare. Ci pensa il tuo papone ok?»

«Grazie papà, ti mando per messaggio il cellulare del capo qui».

«Ok. Tranquilla. Promesso?»

«Ci provo. Fammi sapere».

Intanto, chiusi in quelle quattro mura, Carlo cerca di distrarsi con la musica più rock possibile. Jossim non toglie le mani dalla testa, scuotendola. Un'anima in pena. Eva cerca di capire come possa essere successa una cosa del genere e le viene in mente quel rumore strano dalla camera di Mohammed a Barcellona e il suo umore più disteso a Valencia. Ecco, aveva un piano diabolico fin dall'inizio, pezzo di… vorrebbe strozzarlo, anzi vorrebbe schiaffeggiarsi perché il

disegno parlava chiaro e lei per la prima volta l'aveva ignorato! Stupida, stupida, stupida!
Per la prima volta Mohammed parla: «ragazzi, io bisogno soldi. Non vedevo altro modo. Ma voi siete persone buone e stare con voi mi ha fatto tanto bene. Io disperato» e scoppia in lacrime, sembra un pianto inarrestabile «vi chiedo scusa. Scusate me» dice tra un singhiozzo e l'altro.
Eva prova quasi pena. Ma allo stesso tempo una sconfinata paura del "tutto è perduto".
«Senti, hai fatto un errore. E stai sicuro che pagherai. Ma commiserarsi, credimi, è inutile. Adesso aiutaci a tirarci fuori da questo pasticcio mondiale! Noi diamo seconde opportunità, spesso gratis. Ma questa volta gratis non è possibile». È Carlo a parlare e tutta la sua leggerezza sembra sparita in un colpo solo. Eva sa che lo fa per lei e ne è molto fiera. Lo abbraccia, mentre Mohammed si dirige, insieme a Jossim, dal poliziotto. Lo trovano al telefono: «D'accordo giudice Ferraro. Ho capito. Lei però sa bene come funziona. Noi gli

accertamenti dobbiamo farli. Certo, lei chiami pure il capitano e vedetevela tra voi. Io purtroppo devo fare il mio lavoro. D'accordo, d'accordo aspetto notizie allora. Arrivederci». Eva aveva sentito nominare il padre e mai come adesso si sente gonfiare il cuore di gratitudine e rispetto per lui. Gli manda un messaggio: "Grazie di cuore. Ti voglio bene".

Ora è Mohammed a parlare con l'aiuto della traduzione di Jossim. Sta vuotando il sacco e sta dicendo che ha fatto tutto da solo, per disperazione, ma che gli altri non c'entrano nulla.

«Meno male che almeno non ci sta tirando un'altra sóla» commenta Carlo.

«Speriamo che tra la sua confessione e l'intercessione di mio padre tutto si sistemi».

«Ma certo baby… se no scappiamo e diventiamo latitanti» anche Eva sorride ma gli occhi sono lucidi e tristi.

Per tutti la notte passa insonne. Anche per Carlo, che di norma riesce a dormire anche su un letto di sassi.

All'alba il poliziotto entra. Porta il responso: «Eva, Carlo, Jossim, voi potete andare. Purtroppo il vostro "amico" rimane ancora un po' qui. Aspettiamo istruzioni su come procedere ma purtroppo non possiamo fare finta di niente».
«Certo. Grazie ma considerate tutto per favore. Per fare una cosa così bisogna essere o delinquenti provetti e mi pare di poterlo escludere, vista la stupidità e, vorrei dire, ingenuità, con cui si è mosso, o disperati».
Eva non può fare a meno di mettersi nei panni del povero Mohammed anche se ancora vorrebbe urlargliene quattro. Ma non c'è tempo e ha cose più importanti a cui pensare.
«Quindi possiamo partire con la prossima nave?» Chiede Carlo.
«Sì. Diciamo che siete liberi. E ringraziate il giudice Ferraro».
«Sarà fatto!» Esulta Eva. E come se si fossero messi d'accordo, Eva, Carlo e Jossim si abbracciano e

stavolta anche Carlo, nemico giurato delle lacrime, piange di gioia e di sollievo.

Il viaggio verso il Marocco sembra anche troppo breve. Ormai ci sono quasi. Tutti sono raccolti ognuno nei propri pensieri silenziosi. È Carlo a rompere il mutismo: «Quasi quasi faccio una sosta a Casablanca e divento Carla».
«Magari nera e con un bel lato B» gli suggerisce ridendo Jossim. E anche Eva finalmente si scioglie. Ora che sa che di nuovo tutto è ancora possibile si sente molto più rilassata e tranquilla. Pensa che sia un miracolo che la gravidanza non abbia risentito, con malori o simili, della tensione delle ultime ventiquattro ore. Comunque ora ha in mente solo il momento in cui potrà avere di fronte il suo Hatou. Il pensiero adesso la confonde perché ha sperato che non fosse stata lei il motivo del suo allontanamento. E se invece lo fosse e lui non volesse più saperne? Soprattutto se non ne volesse sapere del bambino? Eva sa che per farsi forza

ha bisogno di visualizzare la scena. Anzi le scene. Tutte quelle possibili. E al momento sono:

- Hatou è felicissimo di vederla e quando sa del bambino torna in Italia con lei (preferita!);
- Hatou è letteralmente scappato. Non ne vuole più sapere di lei e in malo modo la rispedisce da dove è venuta (decisamente raggelante! Vorrebbe dire che lei ha preso davvero un granchio colossale e ha di nuovo sprecato le sue energie. In questo caso la cosa buffa sarebbe dover dare ragione a Lucia. Un danno collaterale decisamente relativo);
- Hatou l'accoglie con affetto, le dà tutte le spiegazioni del caso ma decide comunque che il suo progetto è più importante di tutto e non tornerà ormai mai più in Italia. Ci sarà per il bebè ma a distanza (soluzione insoddisfacente ma almeno potrebbe anche avere senso e minerebbe solo in parte la fiducia in sé di Eva).

“Ma a che diavolo mi serve questa tortura? Magari succederà qualcosa di completamente diverso o un misto di tutto”. Eva, di solito impaziente di raggiungere “la fine” di un percorso, di un viaggio, di un’impresa, adesso ha solo voglia di godersi, o almeno provare a godersi, il viaggio in una terra che ha sempre desiderato vedere: l’Africa. I suoi amici, al gioco “quale Paese vorresti visitare” rispondono sempre “USA, Nord Europa, Inghilterra”. Lei invece sogna Africa, Sud America, India. L’esotico è la sua passione. Quindi decide di godersi la vista del paesaggio ma soprattutto dell’Oceano della Mauritania. Di entrare in acqua lei non se la sente, per paura che il bambino non gradisca. Ora più che mai non può permettersi di stare male. Ma ha promesso una lezione di snorkeling a Carlo e Jossim indica la spiaggia più gettonata: Plage de Nouakchott.
«Evvai! Viva Lucia, viva Eva!» La tensione si è allentata per tutti e Carlo è tornato il solito entusiasta.

Anzi, quasi di più, come fosse scampato a morte certa, come fosse sopravvissuto a una tragedia.

«Dai amico, io sono un asso in mare. L'istinto di affogarti per non dovermi più sorbire le tue chiacchiere a vuoto è forte ma diciamo che se proprio devo passare il resto dei miei giorni in galera – cosa che peraltro ho appena scampato per un pelo – vorrei fosse per un motivo meno storto». E ride, sapendo che probabilmente "storto" non è la parola giusta in italiano ma non gli importa. È a un passo da CASA!

«Se non sapessi che scherzi mi procurerei subito due braccioli e userei la pancia di Eva per fare del sano "morto in acqua". Insomma… non proprio *morto* – che poi vi vengono strane idee – diciamo "bell'addormentato nel mare"». Eva e Jossim si guardano con aria d'intesa. Sanno che senza Carlo e la sua innata capacità di ridurre le montagne a un chicco di riso il viaggio sarebbe stato molto più teso e probabilmente infarcito di discorsi malinconici e di storie passate.

I due si tuffano. Carlo ha deciso che snorkeling alla fine gli ricorda quei piccoli animaletti con un tubo in testa, gli *Snorkies*, si chiamavano così, che guardava in tv da bambino e l'idea non lo alletta. «Metti che per caso incontro una sirena… che figura ci faccio!»

«Appunto…» E su queste parole Jossim lo butta in acqua e lo segue. A Eva sembrano due bambini spensierati, liberi e impavidi. E si sente contagiata. Si stende al sole ma con un grosso cappello in testa e una maglia sulla pancia. E si addormenta, cullata dal rumore della risacca.

Viene svegliata dal trillo del telefono: «Insomma, devo saperlo da papà che sei quasi finita in gattabuia e che quindi stavi in giro con un pericoloso criminale?» È Lucia. La voce della sorella è quasi incrinata. Eva non sa se per la rabbia – quando urla le trema sempre un po' la voce – o per la paura e la preoccupazione.

«Cavolo sorellona, meno male. Pensavo volessi rinfacciarmi le spese che mi sono permessa di concedermi con la tua carta» cerca di rabbonirla Eva.

«Fai poco la spiritosa! Meno male che è finito tutto bene se no avevo già pronta la valigia e…»
«Dolce Lucia… grazie, grazie davvero di preoccuparti così ma per questa volta i nostri eroi hanno scoperto il cattivo e si sono salvati. Però tieni lì la valigia per quando eventualmente dovrai venire a raccogliere i pezzettini del mio cuore se con Pap non andrà per il verso giusto» ribatte Eva cercando, senza successo, di mantenere la calma.
«Senti sorellina, io certamente partirei con il primo volo ma tu ora non farti assalire dalla solita "catastrofia". Comunque vada non sarai mai sola e il bambino sarà, su questo credimi sulla parola, una ragione di vita importante. La più importante! Quindi… *peace&love*!»
«Caspita! Ti sei decisa a iscriverti a quel corso di yoga che ti ho consigliato?» Chiede Eva scherzando.
«Ebbene sì! E mi sta aiutando molto. Certo, *Rome wasn't built in a day* ma, come tu mi insegni, in queste cose serve costanza e pazienza».

«Lucia, confessa, sono tornati i *Visitors* e si sono impossessati di te!» Scherza Eva, sinceramente stupita dal cambiamento della sorella.
«Dai… ti assicuro che è vero e mi dispiace un po' ammetterlo ma è tutto merito tuo».
«No mia cara… Tu hai deciso, tu hai agito. Sorellona mi manchi».
«Anche tu. Dai che se non mi commuovo e mi sembrerebbe un passo troppo veloce in questa metamorfosi. Ti abbraccio e fammi sapere!»
«Hai ragione. L'elefante si mangia boccone dopo boccone».
«Che?! Va beh… ci rifletterò. Intanto un grosso IN BOCCA AL LUPO! Ti voglio bene. Ciao».
«Viva il lupo. Anch'io. A presto Lucia e grazie». Le ha fatto bene questa chiacchierata. Guarda l'orologio. Mezzogiorno.
«Ragazzi è tardissimo. In più è proprio l'ora meno adatta per esporsi al sole» grida verso l'oceano.

«Arriviamo capo!» Rispondono quasi all'unisono Carlo e Jossim. E si dedicano un'ultima gara a chi arriva per primo a riva.

13.

Eravamo in ballo...adesso balliamo!

Il viaggio ricomincia. Ma stavolta la meta sembra a portata di mano. A Dakar è notte e nonostante la trepidazione, i tre decidono di andare a riposare. Domani saranno freschi. Eva e Carlo contano su Jossim per sguinzagliare i suoi contatti e trovare il villaggio di Hatou. Eva è stanca ma ha anche talmente tanta adrenalina in corpo da faticare ad addormentarsi. Sprofondata in un sonno un po' agitato, sogna nuovamente la nonna. Questa volta stanno volando su un tappeto *viman* e, aria tra i capelli, si stringono forte. Ma la nonna ha imparato benissimo a guidare lo strano mezzo. Indossa occhiali da pilota e sembra divertirsi un sacco. Eva attende una sua parola.

«Cara nipote mia, non ho molto da dirti, volevo solo vedere il tuo sorriso e farti una raccomandazione».

«Nonna, così mi inquieti».

«Macché! Ormai hai la forza che ti serve per affrontare qualsiasi cosa. Solo sii sempre te stessa, non smettere mai di avere fiducia nella vita. Non ti sentirai mai più sola. Te lo prometto» e lanciandosi con il paracadute dal *viman* la saluta con la mano mentre urla "Viva la vita!".

Ironico per una morta, pensa Eva nel sogno. Si sveglia un po' stordita. Ma il messaggio è quello che conta. Che sarà, sarà. E si sente pervadere da una profonda serenità.

«Allora 007 hai news?» Carlo sembra ancor più impaziente di Eva.

«Qualcosina. So dove è il villaggio. Vi ci porto e poi mi scuserete ma io andrò dove mi aspettano».

«Certo! Hai fatto anche troppo per noi. Andiamo dai che non voglio farti fare ulteriormente tardi» lo esorta Eva con un sorriso di gratitudine.

Arrivati a destinazione l'addio a Jossim è particolarmente triste per tutti. Lui spiega che Hatou si trova ora al villaggio di Kaolack. Non è lontano e possono trovarlo facilmente seguendo le malridotte indicazioni che però almeno ci sono.

«Al massimo, come si sa, "tutte le strade portano a Roma" che in questo periodo tra l'altro sarà piena di super stangone sbracciate e dalle cosce…»

«Guarda che lo dico a mia sorella» scherza Jossim, sapendo a sua volta che l'amico sta scherzando.

«Occhio non vede… Dai, lasciami almeno il ricordo di quando potevo permettermelo. Scusa Eva ma quale sarebbe il corrispettivo maschile di MILF?»

«Temo che non esista perché quando un uomo va con una molto più giovane normalmente è un… *ganzo*. E sarà così fino all'eternità. Basta pensare all'8 marzo… mica c'è una festa dell'uomo!».

«Va bene, da oggi fonderò la festa del… *manzo* – anche se sei vegetariana… passamela – così siamo pari!» L'ultimo tentativo, ben riuscito, di Carlo di alleggerire quel momento per tutti così grigio. I tre si abbracciano fortissimo, promettendosi di tenersi in contatto. Poi Jossim sale su una vecchia *Horizont* verde metallizzato, dove lo aspetta un amico e continua a salutarli con la mano fuori dal finestrino ma senza voltarsi. E parte. Eva e Carlo seguono quella macchina sgangherata, ~~ma~~ che in Italia sarebbe considerata un'auto d'epoca oramai, finché non la vedono sparire su una strada sterrata.

«È giunto il momento baby. Guido io che sono un pilota provetto. Tanto che differenza ci sarà con Firenze...» Le strappa un sorriso. Ma è tesa e ha bisogno di lunghi respiri per calmarsi.
«Sì, io sai che non sono certo un asso della guida. In più, distratta come sono... Ci manca solo che finiamo contro un albero o in un fossato. Comunque di qualcosa bisogna pure morire...»
«Ah, mi rubi le battute adesso? È un buon segno! E comunque ti devo dare atto che, a parte lo spiacevole episodio del traffico di stupefacenti per cui abbiamo scampato dieci anni di galera minimo – e pure a me

stava per scendere una lacrima, anzi stavo proprio per farmela addosso— non piangi più da un po'. Cosa ha fatto questa magia?»

«E se ti dicessi che è stato "il mago Carlo"?»

«Seee. Non dirmi così che mi gonfio e scoppio!»

«Davvero. Sei stato… *sei*… un amico perfetto. Sei stato capace di rendere questo viaggio "della speranza" meno pesante di quello che avrebbe potuto essere e mi hai sempre letto nello sguardo ogni pensiero brutto e l'hai sventato sempre.

«E adesso cosa ti passa per quella testolina iperattiva?»

«Sai, quando siamo partiti e per buona parte del viaggio ho immaginato questo momento e tutti i risvolti possibili. Ovviamente augurandomi un lieto fine. Però poi ho cominciato a vagliare anche le altre possibilità. E ho scoperto che non mi fanno più paura come prima. Comunque vada è la vita e non sarò mai sola. Forse senza amore ma in attesa dell'amore più grande di tutti».

«Brava, ben detto! Zio Carlo non ti abbandonerà mai e nemmeno zia Lucia. Men che meno il nonno superpiù!» Ridono, tenendosi per mano, pensando al salvataggio in corner, anche grazie a Bruno, dalle patrie galere spagnole.
«Si va?»
«Certo! Occhio davvero… non ho avuto nausee finora, non vorrei cominciare oggi».
E con una lieve accelerata, Carlo parte.

Lo vedono di spalle mentre, elmetto da muratore in testa, parla con un uomo più anziano, mentre gli mostra una grande carta. Eva ricorda immediatamente i disegni schizzati e penna su un'agenda che Hatou teneva sempre aggiornata con le entrate e le uscite di soldi e apportava ritocchi ogni volta che gli veniva una nuova idea. Ricorda quante volte aveva immaginato di seguirlo, prima o poi, per aprire nel Paese africano un negozio di specialità italiane o di fiori o anche solo per aiutare negli orti o con gli animali che Hatou aveva previsto di allevare.

Tutt'intorno un brulicare di uomini che li osserva come fossero animali rari e donne con abiti variopinti e copricapi deliziosi, di quelli fascianti per tenere a bada le folte chiome ricciute, che invece si scambiano ad alta voce chiacchiere e risate sguaiate. Molto contagiose. Eva immagina che si stiano scambiando ricette o stiano negoziando lo scambio di qualcosa. Dai racconti di Hatou sa che lì è un po' come nelle campagne italiane del dopoguerra: ognuno condivide quello che ha.

Attirato dal brusio, Hatou, Pap, si gira e i suoi occhi incontrano lo sguardo interrogativo di Eva. Tituba un attimo, sembra non accorgersi della pancia che non è enorme ma comincia a notarsi. D'altra parte Eva indossa una morbida salopette, proprio perché vuole dirglielo prima che lo veda da sé. Eva e Carlo lo vedono poi correre verso di loro. La ragazza non sa cosa fare, come comportarsi. Ora che ce l'ha davanti si sente un po' diffidente. Ma quando le arriva di fronte ogni indugio svanisce. Si abbracciano fortissimo e piangono. Piange Eva, certo, ma anche quell'uomo così forte che le aveva sempre detto che non l'avrebbe mai visto piangere se non per suo padre, morto troppo presto, a cui lui era molto legato.

«Ciao» sussurra Eva «come stai? Perché sei sparito così? Mi hai fatto preoccupare molto… A proposito, ti ricordi di Carlo vero?» Carlo fa un cenno di saluto in direzione di Hatou.

«Certo che me lo ricordo ma ricordo anche che non è che gli stessi troppo simpatico…»

«Non cercherò nemmeno di negare. Era palese e sinceramente ora mi dispiace. Sentendo parlare di te da questa piattola qua e dal mitico Jossim ho cambiato idea. Così, sulla fiducia!» E abbozza un sorriso accompagnato da un gesto della mano, come a scacciare una mosca.

«Bene, sono contento perché tu invece mi facevi sempre ridere. Io rido sempre, Eva lo sa. Ma di pensieri ne ho avuti tanti. Quindi ogni volta che potevo ridere mi sentivo un po' a casa» e fa un gesto con la mano indicando il gruppetto di uomini e donne ciarliero poco distante da loro.

«Già» si limita a confermare Eva.

«Senti amore» comincia un po' in sordina Hatou «so benissimo di doverti delle spiegazioni. E ci tengo anche a scusarmi per essere sparito così ma confido nella tua comprensione quando ti avrò spiegato tutto».

«Sì anche io ho alcune cose da dirti».

«Va bhe… direi che io rimango qui a supervisionare i lavori, tanto con i *Lego* me la cavavo benissimo e voi andate dove volete a fare… quello che volete… ma non fate niente che io non farei!» Hatou ride di gusto. Eva se l'era quasi dimenticata quella bella risata cristallina di quando la faceva ingelosire per scherzo. Mentre il più geloso alla fine era lui.

«Ok. Amore se mi aspetti un attimo ti porto al lago Retba… o lago rosa perché l'acqua è proprio rosa Reta per via delle alghe».

«Lo vedi… tu volevi portarmi a Sestola ma alla fine l'acqua strega sempre chiunque» accetta con entusiasmo Eva. Il chiarimento è l'unica cosa che le interessa in questo momento, oltre a non riuscire più a non dirgli che aspetta il loro bambino.

14.

Il momento della verità

Il lago dista un po' dal villaggio ma certamente Eva non avrebbe mai potuto immaginare un luogo più adatto per quel momento. La sabbia è già calda, il cielo è solo venato da alcune sottili nuvole e quel rosa… beh, non aveva mai visto una cosa del genere. Uno spettacolo assoluto! È Hatou a rompere il silenzio: «senti cucciola… sono molto imbarazzato perché non è facile far capire a chi si è lasciato lì senza una spiegazione il perché lo si è fatto. Ho confidato che lo intuissi ma ripensandoci anche io sarei rimasto di sasso e mi sarei arrabbiato moltissimo».

«Sai che io non mi arrabbio. Io implodo e mi rattristo».

«Eppure hai un pungi-ball a casa potevi approfittarne…» scherza Hatou «…ma in ogni modo io ti conosco e lo sapevo ma credimi, ho le mie ragioni». Eva rimane in silenzio, in attesa di sentirle.

«Ho provato a chiamarti ma la linea qui va e viene. In più, ti ricordi di quelle sommosse politiche di cui ti parlavo? Un giorno, mentre cercavo un punto buono per parlarti, mi ci sono trovato in mezzo e ho perso il cellulare. O me l'hanno fregato. Comunque poi è stato sempre più difficile uscire dal Paese. Io volevo solo portare alcune cose, dare qualche dritta per iniziare i lavori e tornare ma mi sono trovato intrappolato. E poi c'è un'altra cosa. Vedi... io con te mi sono aperto completamente. Non è stato facile raccontarti i miei errori, chiederti aiuto per i miei debiti e poi ammettere i miei fallimenti».
«Ti avrò detto mille volte che nessuno è infallibile. E poi il progetto che hai in mente mica è facile da realizzare».
«Sì lo so ma lasciami finire. Un giorno un mio amico mi ha offerto l'opportunità di partire. Ti ricordi quando stavo aspettando che mi facessero il contratto a tempo indeterminato? Ecco a quel punto potevo partire ma non potevo mai e poi mai dover ammettere un altro

errore. A te poi… che mi hai sempre aiutato e sostenuto. Che uomo sarei stato ai tuoi occhi…»

«Lo sai che i miei criteri di valutazione sono altri. Se guardo ai miei di sbagli e 'fallimenti', come li chiami tu, dovrei sperare di sparire dalla faccia della terra. Non c'è vergogna se si sbaglia facendo qualcosa in cui si crede. Semplicemente si ricomincia, come hai sempre fatto tu».

«Sì ma se io immagino la felicità che vedrei sul viso di tante famiglie, tanti bambini… Il solo pensiero di deluderli mi fa stare malissimo. E chiaramente non voglio deludere te. Ma che hai, mi sembri un po' stanca. In effetti ti ho riempito di parole e non so nemmeno da quanto stiamo camminando. Ti avrei chiamato a giorni per spiegarti ma mi hai preceduto. Ti capisco se sei arrabbiata. Ma ti giuro che mi dispiace tanto. Stavolta sono stato io il pasticcione». Eva è davvero un po' arrabbiata ma non se la sente di infierire. Ne riparleranno poi. Adesso tocca a lei aggiornarlo.

«In effetti è da un po' che camminiamo. Ma ascoltarti è stato, diciamo, interessante. Potevi sbatterti un po' di più per parlare con me ma capisco che poi il tuo progetto ti ha rapito. Ma se si chiede scusa alla fine cos'altro si può fare se non accettarle? Però sbagliare è umano; perseverare diabolico. Quindi almeno fai che non si ripeta!» Hatou la guarda con bocca spalancata e occhi lucidi. Non sperava in un perdono. Eva lo rassicura immediatamente: «Dai, davvero è tutto a posto! Però se ti va ci fermiamo un attimo. Sediamoci qui, che è un po' all'ombra. E guardiamo un attimo questa meraviglia rosa. È lo scenario perfetto per quello che devo dirti».

«Oh Dio, mi devo preoccupare?»

«Sinceramente non so… per parte mia no. Poi vedrai tu» conclude Eva, accennando un sorriso e strizzando gli occhi mentre fissa un'increspatura tranquilla nel lago. «Senti Pap… ora chiudi gli occhi e immagina tu qualcosa. Ecco, bravo, così. Immagina una bellissima bambina mulatta con gli occhi azzurri e i capelli riccissimi».

«Ancora con questo gioco dell'immagina-il-figlio?» la schernisce lui.

«Sììì… non potevo esimermi. Solo che non è un gioco. Anche se veramente non so se è femmina o maschio e che occhi…» Sta parlando a raffica per ritardare il più possibile la temuta reazione di lui. Ma è proprio Hatou a bloccarla con un bacio a stampo che la fa cadere sulla sabbia tiepida.

«Ma dici sul serio? Quindi c'è un piccolo Pap qui dentro?» Le chiede con gli occhi liquidi e il mento tremante sfiorandole le mani e passando poi alla pancia.

«Esatto, ma non sarà un bambino, sarà un leone, come suo padre» e con le lacrime agli occhi lui appoggia la testa su seno di lei: «Quanto mi sei mancata».

«Ma… sento un *ma* nell'aria. Sbaglio?»

«Non sbaglia… vedi io sono sulla strada giusta finalmente per il mio progetto. Ho un programma preciso e non manca molto. Qualche mese e finisco».

Eva se lo aspettava, conoscendolo, ma non riesce a nascondere un moto di delusione.

«Sì, lo so ti chiedo tantissimo e sentiti libera. Però qualcosa te la posso garantire: ci sarò alla nascita di mio figlio e appena finito qui torno da voi. La mia famiglia».

«Uff… non è proprio il top dei top ma va bene» replica rasserenata Eva «però stavolta non sparire. Se no giuro che sparisco io e mi trovo un figone che tanto fatica non faccio».

«Uno più figo di me?! Impossibile, sto tranquillo» e tenendosi sempre per mano, scoppiano entrambi in una risata liberatoria.

Tornati al cantiere del villaggio, giusto giusto per l'ora di pranzo, trovano un Carlo semi svenuto sotto un albero, all'ombra. L'*umarel* ha rinunciato alla missione e li sta aspettando sfinito, affamato ma con un po' di apprensione. Quando li vede sbucare cingendosi la vita, tira un lungo respiro di sollievo. Tanto male evidentemente non è andata.

«Allora, zio Carlo, hanno lavorato bene qui?» Lo prende in giro Hatou.

«Guarda paparino che qui non si scherza. Ora... mi sfuggono i dettagli ma se chiedi a lui» dice indicando l'uomo anziano ancora al lavoro sotto il sole «ti riferirà tutto. Comunque, da famigerato ficcanaso, e orgoglioso di esserlo, non posso non chiedere: allora?»

«Allora pare che tra sette mesi circa avremo tutti un giocattolo in più!»

«Quindi torni con noi! Evviva. Batti cinque!»

«Ecco appunto... sì ma anche no... dai che dopo faccio una videochiamata a babbo così racconto una volta sola. Avviso anche Lucia... incrociamo tutti le dita».

«Ok. *Keep calm* e... ma si può mangiare qualcosa qui? Sto morendo di fame».

«Certo! Anzi, potrò avere l'onore di farvi assaggiare un piatto tipico di qui fatto adesso dalle mani delle nostre donne».

Il pranzo, attorno a un tavolo lunghissimo, pieno di persone festanti, è fatto di pesce e riso. Il riso cotto moltissimo in un'acqua insaporita da pomodoro. Insieme ci sono carote, cipolle, un tubero dal nome impronunciabile e alcune spezie.

«Urca! Ci devi dare la ricetta!» Esulta Carlo con la bocca completamente piena.

«Tranquillo, la conosco io» dice Eva, lanciando uno sguardo malizioso ad Hatou. E le ritorna alla mente la cura, l'amore che lui ci aveva messo quando gliel'aveva preparato durante il Ramadan, per poi coccolarsi – all'ora giusta —e addormentarsi con il sorriso sulle labbra.

L'atmosfera, i colori, le risate, l'accoglienza delle persone – con cui riuscivano a comunicare solo a gesti e con l'aiuto di Hatou – è magica per Eva. Lei che da

sempre sogna di vivere dove tutti si danno una mano e sono contenti con poco.
Si avvicina ad Hatou e gli sussurra: «Noi domani ripartiamo. Qui fa caldissimo e questo criceto che mi pedala in pancia ne ha già viste di tutte ancora prima di uscire. Io starei più tranquilla e tu potresti continuare, così ti sbrighi presto senza distrazioni».
«Ok, domani vi accompagno in aeroporto ma a una condizione: che stanotte dormi con me».
«E con chi dovrei dormire? Con il capomastro?»
«Non dirlo neanche per scherzo. Ho visto con che occhi ti guarda».
«Non fare il geloso che non sei credibile».
«Oh, zio Carlo, controllamela tu mentre non ci sono, mi raccomando» si rivolge a Carlo, scherzosamente perentorio.
«Sì ma tu torna a un certo punto perché ormai ho imparato la strada e se Maometto non va alla montagna… la montagna arriva e lo schiaccia. *Ciaf*!»

Carlo sembra serio… Hatou fa finta di spaventarsi ma è molto contento che Eva abbia accanto un amico così.

La notte, questa notte, non è fatta per dormire per Eva e Hatou. È fatta per fare l'amore, dolcemente e delicatamente per non disturbare il sonno di Ayan, se è femmina, Pietro se è maschio.
Una notte lunga ma anche troppo breve.

15.

Tempo di tornare

Il viaggio verso l'aeroporto passa veloce.

«Mi sono sempre chiesto perché la strada del ritorno, che è la stessa dell'andata, sembra sempre più breve» borbotta tra sé e sé Carlo.

«Sì anche io l'ho notato. Secondo me perché quando parti non sai cosa ti aspetta; quando torni già sai e spesso sei più leggero».

«Come è saggia la mia cucciola».

«Sentite... ho il latte alle ginocchia, anzi alle caviglie. Basta smancerie. Le raccomandazioni e le minacce ce le siamo già fatte» interviene Carlo lanciando uno sguardo in tralice ad Hatou «quindi manca solo un bel bacio – quello posso ancora tollerarlo – e via».

«Ok. Dammi un bacio: guarda che è la promessa che mi aspetti...» Dice Hatou ad Eva, che ribatte: «... e la tua che torni appena puoi e soprattutto che ti fai sentire!» Hatou annuisce con decisione.

«Dai andate che anche qui ci sono controlli, caotici ma pur sempre rigorosi». Eva e Carlo si incamminano, continuando a salutarlo con la mano.

Mentre aspettano di imbarcarsi, Eva decide di sentire suo padre e sua sorella. Li chiama e racconta tutto. «Beh dai, alla fine solo nei film lei torna con lui subito subito, su due piedi» osserva la sorella. Una reazione inaspettata. Almeno non si è arrabbiata, pensa Eva. Il padre non riesce nemmeno a parlare. Solamente piange e balbetta un "ti aspettiamo, ti vogliamo bene".

Il viaggio trascorre stranamente silenzioso perché Carlo si addormenta appena appoggiata la testa al finestrino. Eva invece è sveglissima, guarda fuori, il cielo e, finché può, il panorama piccolissimo di sotto. Pensa che è stato un viaggio assurdo. Ma tanto tanto bello. Ora si sente forte, sa di non essere sola e sa pure di essere coraggiosa. Piano piano però le palpebre cominciano ad abbassarsi. Si addormenta e sogna di nuovo la nonna. Questa volta sono nella loro città, camminano tra le altre persone e si siedono su una panchina isolata con un gelato alla fragola comparso come per magia.

«Grazie nonna. Se non fosse stato per te...»

«Ma io non ho fatto nulla. Hai fatto tutto da sola. Adesso sai che forse...forse... vali tanto anche tu. E non perché te lo dico io, tuo padre o quella rompi-ba... quello strazio di tua sorella. Tu vali perché nel mondo di te ci sei solo tu. Ed è così per tutti. Vivi nel giusto, vivi secondo quello che credi tu e non potrai mai sbagliare. Sei una *shakti*, ricordatelo!»

«Una che?»

«Sì! Dove sto io si imparano un sacco di cose nuove. È un termine hindi che vuol dire "guerriera"».

«Proprio come te nonna».

Ma la nonna è già volata via. E, nel sonno, un sorriso le spunta sulle labbra.

INDICE

Bologna 06 OTTOBRE 2021

edito Una vita di stelle library

Group A.V. ITALIA S.R.L.

unavitadistelle@gmail.com

www.unavitadistelle.com

Bologna

www.ingramcontent.com/pod-product-compliance
Ingram Content Group UK Ltd.
Pitfield, Milton Keynes, MK11 3LW, UK
UKHW022017190726
13853UKWH00005B/1975